主编　凌翔

# 沉默的伊莎

刘珍　著

花山文艺出版社

图书在版编目（CIP）数据

沉默的伊莎 / 刘珍著 . -- 石家庄：花山文艺出版
社，2024.1
ISBN 978-7-5511-6926-4

Ⅰ.①沉… Ⅱ.①刘… Ⅲ.①诗集－中国－当代
Ⅳ.① I227

中国国家版本馆 CIP 数据核字（2023）第 229429 号

书　　名：沉默的伊莎
　　　　　CHENMO DE YISHA
著　　者：刘　珍

责任编辑：梁东方
美术编辑：王爱芹
封面设计：邓小林
出版发行：花山文艺出版社（邮政编码：050061）
　　　　　（河北省石家庄市友谊北大街 330 号）
销售热线：0311-88643299/96/17
印　　刷：三河市中晟雅豪印务有限公司
经　　销：新华书店
开　　本：152 毫米 ×225 毫米　1/16
印　　张：14.5
字　　数：187 千字
版　　次：2024 年 1 月第 1 版
　　　　　2024 年 1 月第 1 次印刷
书　　号：ISBN 978-7-5511-6926-4
定　　价：69.80 元

# 目录

# 我爱这些必然

在诗的旷野，旭日刚刚升起
如果你能找到一朵蔷薇
就能在我的诗里种下月亮
我爱这些必然，如生长的蔓藤
所有的花香都开出了玫瑰的味道

# 梦儿

千山之外，你是否知道我在唤你
那绵延的古道，寂静的山林
风一样自由的飞翔
梦儿，在你上马之前，要手捧一束玫瑰
我要抛去满身的荒芜
带给你翠绿色的相逢

# 我仰望苍穹

一只小鸟从湛蓝的天空飞过
它清澈透明像一朵开花的梦
它的微笑是那样美好
柔软而安宁，听不到一声叹息
我仰望苍穹，回它以芬芳的琴音
这和谐的完美在明亮的灵魂升起
并在隐秘的风中完成旅行

# 一片羽毛落下的孤独

亲爱的，我会把记忆交给你
但我也要保留它的秘密
在旷野里，当你仰望苍穹
你会不会为一朵浮云落泪
它像极了玫瑰的灰烬
你要记住，那些光与影
是一片羽毛落下的孤独

## 花谢了，我回到了你的梦中

花瓣落入火焰，灰烬渐次浮起
谁的梦化成了风，吹落满目萧瑟
河中谁放的灯，在黎明与黑暗中游离
谁折叠了死亡与重生
谁在呼唤一朵花的开放与凋零
梦儿，河流如昨，谁却沉沦了整整一生

# 无题（一）

陌生的花儿啊，你到底是谁

青鸟引路，轻风开道

片片花瓣落入怀中

云过了几重山，影子重重叠叠

它能否拥抱你火一样的魂

水一样的灵

# 隐秘之门

杯中影子翩翩起飞

你醉了吗，我的灵魂

岩石长出了羽毛

天空诱人而神秘

亲爱的精灵，你怎来到了隐秘之门

# 我钟爱的你

纯白色的鸟儿离开了花朵
谁在泉水边捡起一枚光影

飞翔的火正拥抱尘世

你蓝色的灵魂在风中摇曳
轻盈的梦守着永恒之门

亲爱的，飘浮的羽毛悄然升起
我钟爱的你在花园苏醒

# 无题（二）

一朵紫罗兰插在了我的头顶
雨应声而下
我成了沙漠上唯一的诺亚方舟

# 闪电经过

亲爱，你见过我蝙蝠身形的黑影
那是我暗夜的灵魂在捕捉一只苍蝇
它不停地燃烧羽毛
企图在深渊掘取永恒
闪电经过，它毫无例外地成为灰尘
我轻轻地吹走眼前的黑斑
将一束苦艾丢在风中

# 灵魂的暗门

不必向我说出它的去向
层层的裹尸布装着一只蟑螂
漆黑的门盛开着暗影
谁的竖琴沾满了泥土
深处的火焚烧着深渊
动人的剑为生命欺瞒幽灵
披头散发的尊贵在棺中露出天使之脸
黄金的发卡摘走黯黑的花朵
活生生的沼泽围着一只鸟跳舞
灵魂的暗门牵出五彩斑斓的兽群

# 给白鸟（一）

风把你带到了何处

浓郁的夜是否有咖啡的味道

你妩媚的灵魂在天空如盛开的花朵

你将去向哪里

那暗淡的混沌之杯唤醒沉睡的风

谁的翅膀尘土飞扬

看美妙庄重的阴影掠过古堡与山岗

白鸟，贪婪的尘世携着荒凉伸向黑色的波浪

多年以后，在虚空之上，白玫瑰依旧绽放

你可否叫醒忧愁，盛开火焰，来到我的梦中

# 给白鸟（二）

给你，我的灵魂，我的羽翼
漆黑的河，流入深渊
岩石被削成利剑
颤抖的蝴蝶落入泥沼
白月光像跳舞的孔雀
野蛮的波澜长出豹纹
你像一枝白菊在饮酒
诱人的玫瑰在深夜凋零
我携着一枚阴影在云中飞翔

给你，我的辽阔，我的虚空
斑斓的老虎昼夜歌唱
披散的荒草像暗夜幽灵
瘴气的欲望卷入风中
迷离的蝉潜伏在叶底
你头顶的紫罗兰燃起了熊熊火焰
我的花园在琴弦上起伏

给你，我的魔幻，我的堂皇
你踯躅的焦灼进入荒坟
跳舞的小巨人带走陌生的仆从

吐芯的蛇彻夜狂欢
我的风暴之树卷走了低垂的死亡

给你，我的爱，我的寒冷
我熄尽的卑微与萌生的花朵

# 给白鸟（三）

白鸟，我抚摸溪水，看到了苏醒的花朵
谁的琴弦昼夜不停
谁怀抱玫瑰在风中滑行
亲爱的鸟儿，花园的蔷薇正翩翩起舞
蝴蝶张开了翠绿的翅膀
我爱的你啊，流连何方

# 在深蓝色的火焰中

在深蓝色的火焰中，你向我走来
闪电的光击碎岩石坚硬的壳
在人类巨大的幻影中
羽毛虚无的诱惑让未知在图案中重生
你凝望我，看身外幽深的黑暗一点一点步入空洞
亲爱的，深渊终究是深渊
我们的栖身处，没有曼陀罗的夜晚

# 无题（三）

梅落风中，惹风流无数
影归去，颜落寞
红妆又几许，叹丁零
经年几去匆匆，望乡处
唯枯树孤灯，孑影无双

# 梦入幻境

梦入幻境，与君携手三生
惊魂处，骤雨飘落
舟行浅滩，冷风扑面
燕雀飞起，乍暖还寒
而今怎个忆旧，红帐旧衣
银发如霜，知否知否
一帘碧水，月挂中天

# 此一眼

此一眼，飞跃尘世千百年
如帘瀑布，映君白衣黑衫
雨落云天，桃园落红片片
痴牵君手，风中树影摇曳
心悦君兮，莫问是神是仙

# 是谁

是谁在给我引路
是一朵花的香气
是满山歌唱的翠绿色的梦

# 一支孔雀翎

一支孔雀翎付与荒谷与深渊

谁涉水而来

升起的半月依着一朵云死亡

哦，阿佛洛狄忒，云雾退去禁锢

夜在灵魂的出口身着漆黑的罗衫

图腾还在燃烧

背负梦幻的小鹿衔走了琴弦

谁将迷离的玫瑰引入湖中

哦，阿佛洛狄忒，孔雀翎低垂的面容再一次隐匿

此一生，孤独轻盈而沉重

孔雀翎，谁在疲惫的水中枯萎

## 给阿莎

阿莎，我萌生的孤独将你雕刻成一枚贝壳

你只需吐出珍珠的一生

就能瞧见我隐秘的内心

你灵魂的暗影出奇地空

我找不到你来时的梦

阿莎，万物很远，你落地很轻

像一朵黑色的风

# 荒山魅影

你蛮荒的灵魂阴雨绵绵

火焰在摇篮中死亡

你凄凉的眼神风沙肆虐

影子在墓穴中俯首

你到底是谁啊

你幽暗的欲望在风尘仆仆的沧桑中长出黑色的叶子

你镀金的自由像妩媚的情爱

你妖娆的一生像战栗的混沌之火

你神圣的爱像活泼的幻影

你迷人的仇恨被闪电叫醒

你致命的温柔去拥抱泥土

你的智慧咬伤衣襟

你的愚蠢抚平悲伤

你是阴郁的魅影，烧焦的灰尘

你是人，你是鬼，你是冷漠，你是热情

# 悲伤的玫瑰

悲伤的玫瑰找不到出口

月夜的幽灵偷走了它的灵魂

梅露西娜回到了水中

谁的小花园种满了影子

囚禁的孤独引火烧身

## 蔷薇花开

你的竖琴盛开蔷薇
一轮明月照在了群山之上
这自由的灵魂芳菲四溢
绿色的叶子在风中飞翔
亲爱的，你越过人世在光影中诞生
透明的羽衣明亮又从容
我的美，我的岁月，我的爱情
我深情款款无忧无虑的欢欣

# 孤独的火

沉睡的山拒绝奔跑

尘与埃轮流跳舞

谁的影子陨落

紫丁的芬芳被风暴笼罩

你要去向哪里

蜿蜒的灰烬正在流淌

孤独的火又重新生长

# 幻影

我窥见了僵尸的内心
腐朽的风把阴霾吹入眼帘
谁去拯救黯黑的空虚
行将熄灭的火焰留下一道幻影
摇曳的卑微伸入尘世
呼啸的剑兰在孤夜死亡

# 痕

为抚平灵魂深处的伤痕
咆哮的蜻蜓衔走了海浪
独角兽长出了乌鸦的翅膀
谁摁响了荒原的门铃
谁窥视了深渊的寂静
鸟儿穿上了寒风的羽衣
彼岸花失去了尘世的记忆

# 致雪莱

孤寂的蝶儿倒地死亡
超凡的荒凉染白了一株草的悲伤
一朵安静的百合在岩石旁沉睡
蓝色的影子啊，谁在风中漠然地歌唱
你听到了吗？颓废的火焰正烧焦尘埃的欲望

## 自我的羽衣

自我的羽衣在幽光中灿烂

一只乌鸦在巨大的虚无中捕捉黎明

禁锢的世界在空气中摇曳

一朵黯黑的云悬浮在瞳孔的边缘

阴沉的风写满了沙尘的诅咒

谁烧焦的影子被自己预言

## 赤裸的孤独

夜莺飞到墓地歌唱

冥想的悲伤长出绝望的双翼

这坍塌的礼物像醉酒的蝴蝶开出妖艳的花朵

赤裸的孤独被风售卖

恩典的荒谬寻求理性的乌鸦

离席的意识吃掉自由的真相

## 世界的黑羽——致波德莱尔

世界的黑羽并不纯粹

夜的玫瑰长出了鹌鹑的嘴巴

狂野的岁月披上了狐狸的斗篷

黑暗的光调出了紫红的色调

一群飞舞的昆虫在水域出没

鹦鹉像一杯鸡尾酒倾倒在深渊底部

隐秘的风暴爬上了狮子的额头

浴火的河流在尘世的边缘起飞

微不足道的墓地长满了绿毛

几个幽灵在光天化日下相会

无影的歌声一直飘上孤绝的峰顶

## 玄幻叙事诗——百里云溪

一朵蓝色的花在寂静的玉虚宫摇曳
百里云溪将燃烧的孤独注入一把玄琴之中
千年又千年，玄琴像幽深的冰河之树
直通百里云溪的元神之境
一只小鹿在云雾缭绕处吐出火焰之光
百里云溪走入冰火交替的光影之中

一条面纱在玉虚宫顶幻化成人形

百里云溪的元神幻境惊动了幽冥的深渊之海
一把魅影之剑变成白色的飞蛾落在了玉虚宫中

谁游离在灵魂的锋芒之外
谁悬浮在忘川的深渊之境
谁是千年的梦，谁是无尽的风

# 纤尘未染

你可知，琴弦的花园正在凋零
轻柔的风扶不起水的波纹
梦儿，究竟有多少隐秘的欲望在梦里死亡
那枝孤独的茉莉再也没有长出飞翔的翅膀
你看，这世俗的重门它是那样的矜持
我忘掉了你的面容，你飞舞的方向
还有那朵合欢，它衔着影子落入灰尘
梦儿，谁小小的心在深夜里彷徨
你是那样遥远，又是那样接近
你可知余下的紫罗兰它美得出奇
像纤尘未染的鸟儿，一直在我头顶歌唱

# 沉默的伊莎

## 一

海岸线很长，遥远的边缘开出一朵花
无垠的梦有美丽的荣光
伊莎，你身边仁慈的希望十分贤淑
我温柔地低垂野蛮
让一朵卑微的云飘过你的头顶
你看，夜逃回了小屋
雾中的百合十分妖娆
我完美地接过一朵预言

## 二

波浪很美，我的伊莎
我致命的温柔与邪恶
当爱赢得赞美，你娴熟的智慧就会歌唱
我抹掉迷惑的空虚
献出飞翔的羽翼
看，遥远的山与海正拥抱风的孤寂
伊莎，我走向茁壮生长的光明与恩宠

# 三

伊莎，赞美的世界凯旋
我拥抱一朵菊花的婉约
你给我的欢欣正惬意地跳舞
放逐的蝴蝶正回头凝望都城的门
伊莎，英明的天空开出万朵桃花

# 四

伊莎，一朵苦艾正经过荒野
虔诚的女子赤足蹚过火焰
你神圣的礼物正在行走
我接过纯白的爱骑鹿远行
伊莎，星空柔柔的声音飞跃风声

# 五

伊莎，当之无愧的羽衣正在飞翔
远方的帆采摘水域的灵魂
厌世的蜻蜓立在了寒冷的岩石
我骑马打捞故园的兰花
你看，我给你的从容正拥抱鲜活的生命

# 六

伊莎，温和的品格正膜拜尘世
太阳花拥吻跳舞的森林
你温柔的手正抚摸大地的秘密
隐秘的希望从遥远的梦中苏醒
伊莎，阿佛洛狄忒在归来的路上

# 七

伊莎，比邻的荣耀正在燃烧
西风咏读策兰诗章
我摘下岁月的玫瑰
给我钟情的你，我爱的精灵
伊莎，水与火的翼翅正亲吻面容

# 你还是一阵风

居逆境中，周身皆针砭药石，砥节砺行而不觉；处顺境内，眼前尽兵刃戈矛，销膏靡骨而不知。

——《菜根谭·概论》

花朵的翅膀上如果有荒谬落上

心灵的波浪握不住飞鸟的琴弦

荒草微弱的生命挂上了寒霜的阴影

你的梦飞进了幻想死亡的洞穴

自由的渺茫在深渊处驻足

你又是谁呢，是一只鸟飞翔的困惑与空洞的无聊

是携着《神农本草经》《伤寒杂病论》

还是抱着《难经》与《千金方》

寻找生存的本源，根治荒芜的孤独

你还是一阵风，沐浴自然的雨露，拥抱天地的思想

# 明月何曾下枝头

有情芍药含春泪，无力蔷薇卧晓枝。

——秦观《春日》

每一个瞬间
灰烬都在证明它是未来的宫殿

——阿多尼斯

跳跃的火光清洗河流的孤独
玫瑰之吻摇曳在无际的苍穹
灵魂之约在天涯种植蔷薇的花朵
你怀抱一丛芦苇看叶子在舟中飞翔
你能感受到什么，是信念，是绿茵
是诗羽的灵魂与青草的疯长

# 诗歌之翼

缪斯我们行走

蝴蝶的玫瑰在曙光中摘取永恒

我们怀着谦卑在夜莺的翅膀上盛开蔷薇

诗歌的羽翼将一束光寄在了缪斯的羽衣上

在灵魂的歌唱声中

你是否将燃烧的火焰写成一首歌

在苍茫的人海中，纯粹得盛开或飞翔的生命之花

我们回归，我们寻找，我们行走

# 运化理数

圣人不法古，不修今。法古则后于时，修今则塞于势。

——《商君书·开塞》

如果你只集一家之言，不纳百家争鸣

如果你只摆孔孟之道，而据韩非之理，不成就管子之论

如果你只知借势造势，行东风之易，论天地之理

而不能"昭昭若日月之明，离离如星辰之行"

必一叶障目，"不患人之不己知，患不知人也"

圣人不法古，不修今。法古则后于时，修今则塞于势

注：昭昭若日月之明，离离如星辰之行——《文心雕龙》。

不患人之不己知，患不知人也——《论语》。

# 明月下天山

观剧所感

——题记

## 一　渡红尘

叹尘世雾锁群山茫茫一片

你是否也被迷了眼

你可知爱恨情仇只在一瞬间

切莫妄言绝纯恋

谁能破茧成蝴蝶

你又是那朵过眼的烟


## 二　恩怨只在一瞬间

你我逍遥在人间

谁的身影是一朵自在的莲

如云烟雾挂苍天

那半弦月可是镜中缘

赏明月，观春花

下一个渡口是否有你柔情的剑

## 三 倚刀立马燃山河

要相信，春华播种秋有实

沧海有路自回天

你何必折扇遮明月

挥剑斩断千缕丝

你点燃烽火是为何

将笙歌唱响，横笛吹奏

倚刀立马燃山河


## 四 飘飘落落如入灰

你等不及一朵花的开

你等不及梦入睡

月儿也有休息时

酒醉也需待醒时

这红尘的叶子为何飘飘落落如入灰


## 五 天地无归

谁的双鬓忽染白

谁的心一夜无依偎

叹人世苍茫，天地无归

只身打马，讨酒一杯

古道长亭，送雁南飞

## 六 这一生

红尘滚滚，浊浪连天
号角吹奏，耳边鹤声四起
眉间风沙还未卸
又闻胡山马鸣声
这一生，谁将明月揽入怀
谁无奈举剑，爱恨纠缠一生


## 七 步步入灰尘

一曲霓裳付哀伤
遗落人间饮沧桑
唐宫幻影，三千云路
鹤声悲鸣，乱世风吟
谁挥剑斩沧桑
步步入灰尘


## 八 君且归去

风吹落叶雨打萍
梦入幻境尘归尘
谁独钓寒江
望天地苍茫
饮尽沧桑
看月夜如霜

## 九　长剑风流

饮尽风沙，孤身零落
天凉如水，月色如刀
寒风裹衣，乱红割面
鸟影无踪，阴云低垂
君此一生，唯剑相随

## 莫问天涯，莫问归期

云儿在天上飞
浪花已回归大海
谁的梦携着玫瑰
谁的梦跨过火焰
莫问天涯，莫问归期

# 无题（四）

读《山海经》所感。

——题记

天空闪耀的星星

将夜间的花朵赋予了飞翔的翅膀

它长出了呼啸的梦

它将在大海的波涛里欢唱

它将遇见自己

它看到了火焰的玫瑰

# 一朵花的信义理念与乌鸦精神

用勇气维护信义理念，用乌鸦精神召唤暗夜风暴

在汪洋大海寻找摆渡的船只

在彼岸观望月亮湖宫殿

打开幽深的暗门

窥视暗影的卑微

焦虑的云带来了爱琴海的忧愁

清新的草儿渴望和谐的雨露

天空的鸽子吹奏起鸥鹭忘机的智慧

跳舞的精灵成为深沉孟子的胸怀

无辜卷入的蝴蝶落在了孤单的水里

过路的鸟儿站在了凋零的泥里

茉莉花弹奏起清风明月的琴弦

谁的孤独是一座蓝色的花园

# 狄俄尼索斯精神的易位与艺术的流浪与孤独

观有关希腊神话的影片有感。

——题记

像崇拜图腾一样灌醉智慧

将漫游的人性植入兔子的耳朵

在镜中看一朵花吃掉自己

将狐狸的皮放入酒杯祭奠死亡的狂欢意识

施自己以慈爱的力量，呼唤空洞的文明起源

用法则维护茉莉花的精神内涵

用狂欢的眼神烧死飘浮的精神

解放艺术的流浪与孤独

# 也谈阿波罗精神的光明与荒诞

看希腊神话有感。

——题记

如果你要寻找太阳的属性或艺术的诗画
你最好给自己先披上一件防风的羽衣
如果你智慧的漏洞会渗入黑暗
你最好把消灾解难的荒诞抛给塔纳托斯的黑斗篷
否则你就是纯粹的卡俄斯与满头蛇发的美杜莎
你永远也成不了雅典娜或阿佛洛狄忒
你只是一个无知的阿瑞斯
或一个灵魂带上枷锁的暗夜舞者

## 读尼采散文《精神的飞行者》有感

我们的精神是否能飞入天的尽头

或最终朝太阳陨落的地方葬身茫茫的大海

我们得感谢这种困惑或途经的悬崖与巨石

举目四望，我们偶尔落脚偶尔入云

我们不断超越自己，带着信念与希望

是不是我们越飞越渺小，最终隐入天际的苍茫

# 我们没时间

我们没时间接受死亡的含义
那沉醉的泥土有着平和的智慧
我们没时间接受日落的悲哀
满天的星辰有着无边的光辉
我们走在缤纷的花园中
种一朵自由自在的心灵玫瑰
它会飞入林间的草地
看天地间鸟儿展翅，云儿高飞
回归自然，重逢自己

# 诗歌价值理念的构建与重生——狄金森诗学精华漫谈

一个自由思想的精灵长着翩翩翻飞的翅膀

采摘一朵月亮的玫瑰

把它栽在心灵深处，把它植入思想的大海

它摇落一地星光

用精灵的羽毛书写生活、死亡、信仰，灵魂及爱情深处的幽深与

智慧

她独立思索的精神及冷静超然的态度盛开出举世的斑斓与花朵

一只鸟儿飞入星辰与大海的领地

芬芳的伊甸园建起不朽的方舟

穿透黑暗的泥土开满百合花的雨露

一个超然的灵魂体验不到死亡的滋味

# 语言艺术与精神取向——勃洛克诗歌的美学追求

用智慧的星辰打造语言的光芒

夜莺在天空衔着一束火焰或情绪的张力飞翔

那些玫瑰的意象在风暴与海洋中歌唱

黎明与黑夜，欲望与孤独渗透到灵魂的秘境

永恒的羽衣在摇曳的风中沉默或开放

彼岸种植一个太阳或黑暗的花朵

你忧郁或朴素的思想

在孤独的山顶追逐直面世界的象征意识与忧患精神

# 缪斯之翼

一朵花幻想价值的自由飞翔。

——题记

黑玫瑰在雾里散步，陡峭的风比欲望自由
在寂静的空洞中燃烧孤独
呓语自由驰骋在精神的领域
尘归尘，蓝色的朦胧终归思想的大海
一朵花的幻想价值飞翔在缪斯的天空

## 赠鲁拜

君赠一杯酒，帮我醉红尘
看鸟儿飞，云儿绕
再饮这杯酒，世事随水漂
烦恼本妖娆，浮云全无聊
你我抚长琴，拈花一笑
留人间几杯酒，看风儿过春潮

# 有凤来兮

陌上花儿缓缓展翅
我携小鹿越过百溪
人间清欢如花似玉
笙笛吹响，宣纸落墨
画中人儿，歌舞一曲
十里桃林，有凤来兮

## 倒影与精神价值

你得雕刻精神将漂浮的倒影捞出来
将寒冷与愤怒压下去，将一片虚无吹走
你得给自己造一艘船越过一块无知的石头
你得撕掉身上虚无的光，你得学会在夜间飞翔
看一只鸟如何将阴影衔走，看风如何越过屋脊
你得会会天上的云朵，看苍山之巅为何有鹰飞过

# 理智阴影与死亡之花

把谬论捞出来，你会看到一朵飘浮的玫瑰

有时黑暗的美学描绘着空洞的花纹

如果一束光在冥思中开放

所有的暗夜都失去了意义

看一只蝴蝶落在阴郁的画面

你得感谢失望本身所带来的天真

有时哲人的交流充满理智的阴影

当一只鱼儿在天空上飞翔

那些不在场的影子就是一种孤独

# 云海茫茫游太虚

给虚无打个补丁，给精神绣上羽衣
在苍茫的翅膀上做一次飞翔
望长路漫漫，观世态万象
看众鸟齐鸣归丛林，带灵魂的精灵回昆仑
在群山之巅建乐园，用智慧之泉植花朵
云海茫茫游太虚，呼天地之清气，浴日月之精华
自由自在与风同醉，对月举杯，弹一曲鸥鹭忘机

## 爱伦·坡的乌鸦

爱伦·坡的乌鸦一直在我头顶萦绕

我想抓住它，它回答我以空洞

我想让它把我的孤独带走，它说它是虚无

它有时像灰烬一样落在我的头上

时而又像影子一样飞走

黑暗中我看到爱伦·坡向我走来

那只乌鸦又像一束光钻入我的灵魂

他们若隐若现，那恍惚与飘浮在寂静中蔓延

夜色幽幽，那只乌鸦又从阴影中出现

它说它是忧伤和黑暗也是光明和灰烬

它告诉我，说我也是一只乌鸦，永不复焉

# 致波德莱尔

沧浪之水在虚无之境漫延

鸟儿在风中焚毁翅膀，我握住一枝夜的玫瑰

在阴影之间病态的花或许只是灵魂的仆人

我捡拾你智慧个性上的珠宝

河中的火焰没有存在的价值，美很快就会消失

你魔鬼一样的讽刺会启发我更加热爱这个世界

将流浪的荒漠打造成纯粹的艺术品

像热爱无知一样自救，超越

将这种野性的傲慢的孤独通过燃烧来获得精神上的纯粹

# 关山买酒

邀来三山五岳，看众鸟齐鸣，玉宇苍茫

你捧起一束火焰，学做凤凰飞翔

你研究道法自然，畅游昆仑之巅

看五湖四海，观人世沧桑

你走入天地的怀抱，看清风明月展翅

一只鸥鹭飞起，花儿开遍大地

你关山买酒与风独醉，一曲琴音弹奏献给浩荡云海

# 白鸟（一）

生命之花穿过镜子

天很空，地很广

我在纯粹的空间走入苍茫之中

我要去找叶芝，告诉他我就是那只白鸟

我要让欲念的花朵开满蓝天

让灵魂带着影子跃入火焰之中

我们探讨一次飞翔跌落的羽毛

看茂密的海浪如何涌动大海的光芒

## 幻境沙雕——与子君书

花儿做了一个梦

发现满屋子的孤独和特立独行的蝴蝶

还有架着船过来的水草

它们画着阴影线，打着眼毛膏

一只鸟儿静静地立在那里

那些花朵将五颜六色的纸片折成了玫瑰

那燃烧的风学会了跳舞

它将一曲虚无的梦境打磨成爱情

它将一朵星星做成了幻境沙雕

## 抱起兔子

冷酷无情的花朵在笑声里诞生
我踩着兔子的脚印去追逐一朵虚无
它的妖艳割伤了孤独的眼睛
我抱起兔子，燃起火焰
将自己烧成一朵黑色的玫瑰
黑暗的风架着翅膀到来
它给了一朵阴影，我漂浮在水中

# 飞花入梦

在云朵上采摘词语，在火焰中捡拾声音

一叶飞花衔着梦幻燃烧孤独的秘密

这些灵魂中的精灵，一不小心就穿过寂静

它翩翩飞翔在精神的秘境

这虚无的智慧之宴将海域之酒灌醉

那些隐秘的岛屿在宫殿里制造一朵花的妖艳

这黑色的蝴蝶会穿过云层，它会落在孤独的岩石之上

它的飞翔会长出欲念的翅膀

## 放下世间事，与君同看花

雨依旧在下，风在缓缓地吹

我们前往院子中栽一朵玫瑰

我们给月亮戴上面纱

将兰花与蒲公英放入风中

它们会变成美丽的小星星

我们看山还是山，水却变成了绿丝缎

那片绿茵，在你我茂盛的岁月中歌唱

亲爱的，看一片繁花似锦，观人世如云沧桑

你我打马山前，前往桃林，还一个自由自在身

放下世间事，与君同看花

# 飞入云天的鸟儿

飞入云天的鸟儿会记住那滴甘露

那朵星星会留在心灵的旅途

我握着一朵浪花越过丛林

在遥远的天空梳洗羽毛，与风为伴，与日月为朋

寻找自己自由自在无羁无绊的灵魂

# 第七个虚无

第七个虚无跳入海中

灵魂溺水身亡

沉默的山长出一朵忧伤

寒冷和饥饿关闭所有的道路

夜晚的风将焦虑洒入大地

不可遏制的黑暗诞生无边的孤独

火焰蹿起将空洞烧成荒芜

# 风像一只淘气的小狐狸

开满山坡的秘密
我采一朵戴在你的头上
风像一只淘气的小狐狸
将月亮搬回了岛屿
蝴蝶奔向了大海
一朵浪花抱着星星归来

# 一朵花的香气

一朵玫瑰在火焰岛上盛开

我将一轮明月戴在你的胸前

城堡中钻出一只小狐狸

捧着蝴蝶的酒杯

你这头沉睡的狮子啊

海浪上方写满孤独

那涌动的水从光中穿过

我们去遥远的开满星星的天空

把黑暗摘下来

建你的小屋子，我的夜光杯

# 诗人继续上路

那庄重的大理石继续盖房子
诗人喝饱了风继续上路
远山苍茫，一只鸟儿在飞翔
手中的空杯盛满自由
准备在饥饿的时候将灵魂灌醉
那苍凉的戈壁泛着斑驳的古遗迹
芨芨草吐着嫩芽，海天一色
大地的怀抱，原本如此

# 山依旧是山

你有一千种旅行的欲望

却有一万种放弃的理由

当我们不再是自己的敌人

我们就飞往帕米尔的方向

——题记

山川离自己很近

那些声音都留给了历史

你消失在黑山之中

我却听到春天断裂的声音

那摇曳的青草复活一片荒芜

沙漠却越来越近

我们抓住了风的翅膀

却降落在荆棘之中

山依旧是山，风照旧吹

## 高原上的沙子

你若想把它扬弃，它还堆积你的高度

你若想把它留下，它还乘风作乱

梦中的那片叶子没有栽出绿茵

却将腐朽一步步复活

风把自己摇成了坟墓

自由的堆积像山一样巍峨

心中的高原是最后的影像

火中燃烧的虚无一路西望，比灵魂轻，比荒芜重

# 我有一片森林

是真是假是悲是喜，你岂能以一己之言断是非

是云是雾是雨是霜，我一叶轻舟送你归

天涯陌路，风与雾非亲非故，树与花各有慈悲

月光的弹唱是越过红色之光的影像

我有一面镜子只照自己的忧伤

我观山观水，只观智者航行的大海

本相与无知是一粒火，我只焚烧自己的单薄与孤独

我有一片森林，那里只有风经过

# 恶之花

浴火的凤凰不可能第二次死亡

恶念弹奏的魔音暴露无知

垃圾瞄准机会制造灰烬

欲望开出黑色的花朵，死亡被自己吃掉

无辜的鸟儿被悬浮成黑色的尘埃

一朵恶之花将自己幽禁在冰冷的黑暗中

谁苍茫的孤独在云天游荡

# 白发苍苍的灵魂

你白发苍苍的灵魂多久没有洗澡
阴郁的线绳将孤独打成死结
被流放的梦延伸出冰冷的尖石
随时随地将单薄的世界碰得面目全非
当欲念的翅膀带来飞翔的欲望
那沉睡的阴影像高山一样垒起屏障
那狂风暴雨将落花打入流水
你依着月光看着冷风飕飕地吹
像纪念死亡一样走向冰冷的未来
这野兽一样的烈火焚烧着疏离的证据

# 寓言一样的无知

心中住着猛虎，跑出来将自己吃掉
夜行者的智慧像一把闪着欲望的镰刀
随时切割孤独与荒谬的阴影
当一束羽毛学会了飞翔
那些沼泽中的勇敢就向死而生
那晦涩的灵魂建起火焰一样的宫殿
将原本的虚无烧成一片混沌
那寓言一样的无知诞生出另类的死亡

# 无题（五）

那些朝生暮死的自由之花在水中沉浮

被放逐的孤独为私欲吞下绝望

灵魂中的玩偶喜欢上了暗礁

在靠近漩涡处长出翅膀飞翔

风伸出去的手变成了火焰

将世界连它自己烧成了一个丑陋的巫婆

那纤细的灵魂像勇士一样生长

沉沦的秘密像极了荒野的思想

## 我喜欢上了那孤独的花香

你栽种了一朵黑色的玫瑰
我喜欢上了那孤独的花香
白昼燃着蓝色的光
那隐隐约约的朦胧深沉而安静
这尘世的梦啊，开满了冷峻的欲望
那自由的灵魂衔着影子飞翔
旷野的风在寂寂的渡口找到了歌唱的夜莺

# 在冰冷的沧桑的梦里

在冰冷的沧桑的梦里

你的灵魂被风刮跑

那束鲜花含着白雾茫茫的寒冷

在恍惚的尘世中凋零

阴影中的小鸟衔着幻想在漆黑的夜中死亡

那忧郁的墓室在孤寂的旷野沉睡

谁走入了虚无的火焰之中

# 携着隐秘开放的花朵

携着隐秘开放的花朵在寂静的山林寻找自由
黑暗的疼痛与沧桑的隐忍在欲望的梦境中喧嚣
冷漠的风企图冻结整条河流
在你背着黑夜出走时，幻想就在忧郁中病倒
灵魂在闭眼的瞬间死亡就会挺身而出
这酣睡的身影已附身于腐烂的梦中
有多少灰飞烟灭的狂歌就有多少冰冷阴森的墓室
在把空阔烧成灰烬的瞬间深渊就会罩在孤独的上空

# 空旷的寂静

我以诗之名横渡如此辽阔的苍茫

在欲望的边缘你依着群峰站立

铿锵的风在自由地行走

这火焰般燃烧的孤独

深爱着你我草木一样的灵魂

蓝色的夜没有离开尘土

被暴风雪亲吻的翅膀正在窥视烈火中的利剑

空旷的寂静洒向大地

走吧，在孤独的原野，我依然敬畏这神秘的玫瑰

# 沉睡的玫瑰

伊莎，沉睡的玫瑰

在漫天飞雪的梦中

我手握寒冷

你千年的孤独

开成一朵冻僵的忧伤

风披着冰凉的羽衣

像一种苍白的生命

我要走了

这坠入尘世的单薄

已悬挂在彼岸的孤幽之境

# 孤岛之梦

在那永生的梦境中，春天正在发芽
岛上的光有着星辰的印记，风越过火焰
界限之上苍白的花朵正在歌唱

我一无长物，只有那自由的灵魂和一叶灰烬
那孤独的影子像一只蝴蝶睡在了虚无之境
可是啊，那亲爱的鸟儿正在史诗中飞翔

何处啊！开花的梦在夜空中跳舞
河流环着岛儿缓缓流淌，我是谁啊，谁又是我

## 在那广袤的原野

你的孤僻开出了苍白的花朵
你纤细的身影在遥遥的梦中已力不从心
走吧，你要带着你的光芒而不是惨月笼罩的寒冷
在那波光粼粼的水面一轮红日正引颈歌唱
像可爱的鸟儿在展翅飞翔
亲爱的人儿，你要翩翩起舞在那温柔的风中
像儒雅的百合在散发清香

你灵魂的火焰在苍穹摇曳，那是多么辽阔的纯净
走吧，在那广袤的原野，心旷神怡的黎明

# 远古的抒情

你的忧郁，你的彷徨，你心中的旷野及落日
你从远古走来，你怀抱大地与天空
那些枯萎的野花和高贵的湖泊
冰冷的悬崖和舞动的森林

你纯粹的自由和雪白的欲望伸出腹地
它以一匹马的姿势将琴声升起
在文明与野蛮中捧出风声

延伸的山峦身着欲念
野兽守着的洞口开满了怪诞的野心
你的肋骨突破防线，进入火焰之中
一只蝴蝶展翅，卑微的夜流淌出清澈之河

你飞翔的路上长出了灰暗的岩石，起伏的伤痕
一只鸟儿经过，带着阴森的利刃

# 你凝视那朵歌唱的乌云

你凝视那朵歌唱的乌云
闪电不小心击中你的身影
那跳跃的火爱上了你的荒原
它种上了阴森的绝望
你的灵魂长出一片茂盛的死亡
摇曳中将自由的玫瑰遗忘

# 生命不能承受之轻

你用你的面具飞翔带着乌云和闪电的翅膀
这么多年来，你的荆棘乘着风喂养你灵魂的兽群
你留下了什么！那些灰尘长出了寒冷的须吹拂起恐惧的声音
那些逃亡的森林将风拐走，你的梦差一点客死他乡
但是，一些水它的瞳孔散发神秘的光，穿越尘世将流亡的荒芜埋葬
整个虚空蝶变，却落入了恶魔的口中，你为自己而亡
那些战栗在凋零的瞬间也没有分离，生命如跳舞的坟墓长出了悲
悯的雷声

# 昼伏夜出的小猫

昼伏夜出的小猫生长着暴雨和风声
它在黑暗中捕捉深渊，放逐荒漠空洞的虚无
那些孤傲像一个骑士在纯粹的野性中召唤冰冷的欲念
它理想的城堡在火焰中探出头颅，像一个智者走向夜空
它灵魂中的水淹死了一切绝望的牢笼，它找到了自己

它点燃摇曳的闪电，发现潜伏的阴影

# 一只鸟潜入河流

荒凉的梦像死亡的人性
在废墟上开出黑色的花朵
那焚烧的欲念怀抱野兽悬于夜空
幽深的门呼唤邪恶的黑暗

悲歌洒落一地

一只鸟潜入河流
飞翔的暗影遍布孤独的火光

# 重返光明的玫瑰

重返光明的玫瑰长出了精灵的翅膀
蝴蝶飞舞，海妖歌唱

哦，黑暗的伤口已坠入永恒的灰烬
虚无的孤独抖落掉野蛮的阴影

摇曳的森林有着紫罗兰一样的灵魂

蝴蝶飞舞，海妖歌唱

# 荒芜

灵魂长出了深渊的翅膀

一只鸟的野心与自由像一朵黑色的梦

那伴随着的冰冷与绝望枝繁叶茂

内心淤积的泥沙成为一柄匕首

时不时行刺侧身而过的白云

那些荒芜居无定所

斑驳的阴影像远古的纷争布满了灰色的死亡

# 哀鸣着行走的囚笼

欲望的面具像一只翩翩翻飞的蝴蝶
在夜的魅影中开成了深渊的花朵
那萌芽的灰烬醉心于孤独的阴影
在被盗走智慧的那一刻就戴上了死亡的野性
灵魂燃起黑烟的一瞬，就在荒芜的沙漠沉沦
那消逝的昏暗只在自己编织的欲念中长生不老，一意孤行
这哀鸣着行走的囚笼，陌生的野火

# 幽灵一样的幻境

蝴蝶心怀利刃吊死在一株枯草上
赤裸的虫儿正啃食那僵死的翅膀
笑意盈盈的花儿捧着酒杯集体送葬
木棺前孤独的灵魂高举玫瑰回忆动人的爱情
一棵树在风中冷笑独自浇灌莫名的欢乐
秋后的蚂蚱羡慕蝴蝶优秀的果敢决绝
树上的风筝却渴望在分裂的梦中直上天堂
这幽灵一样的幻境布满了丧钟之歌

# 献给伊莎（一）

百合在死亡的瞬间将自由投进了暗影之门
那六翼的鸟儿衔着一枚影子带着欲望飞翔
云天的尘埃开满了闪光的花朵
鱼儿冰冷的灵魂在黑森林里歌唱
那素不相识的鸟儿在草尖上捡拾衷肠
猫儿手握虚无打开了梦中的殿堂

伊莎，你单薄的孤独如空虚的光
深邃的荒漠之井中的玫瑰，无我的遗忘

## 众鸟鸣唱的回忆

密林中的欲望被阴影拉长

众鸟鸣唱的回忆在孤寂的梦中回响

水与空气组成的虚无殿堂像一朵黑色的湖，盛满了死亡的精髓

那无垠的风随着落叶下坠

一意孤行的蝴蝶对着伤口撒谎

亲爱的木头在燃起的大火中被烧成了混沌初开的模样

我们欺骗孤独，将它的根须祭献给自由

然后在绝路处跳起了芬芳的舞蹈

# 疲惫的舞蹈

原始的孤独在梦境中穿越荒郊

那自由的翅膀萌生出褐色的雨雾

伸延的路像遗世独立的神性布满了悲剧的思想

贩卖寒冷的冰在密林中迷路

亲爱的你呀，在洪水中打捞虚无

那忧郁的花朵怀抱石块打磨出一种叫死亡的野心

夜空的寒月看着拼命的西西弗斯变成一只瘦弱的狐狸

我们把迷失的自由当成盛装穿在一种叫夜梦的心上

看，荒野的鸟儿在月色中正跳着一种疲惫的舞蹈

你来我走，在山谷的路口

## 蓝色的梦

蓝色的梦在光影里歌唱
你像那美丽的仙子在永恒地飞翔
你看那林中的精灵，她们像跳动的花朵
在你忽闪的眼睛里藏下了爱情的气息
你爱这可爱的人间，如同我爱你

飞吧，我用火焰般的嘴唇吻你

# 夜莺之歌

蛮荒的花儿在梦境中让影子起舞

小鹿在森林中蹒跚学步

可爱的你啊，是否在原野中随性而歌

多像我们曾经快乐抑或纯真的天空

你看风儿的微笑多像你走入花园放飞的夜莺之歌

我迷恋月色，如恋你的背影，它像幻术般冷酷动人

多少年来，那些风姿绰约的光阴越来越炫目

像天地之间蔚蓝色的群星

直到它突然显现，在水流花开的春天

那忽而再现的夜莺之歌，如你，如我

# 第七片叶子

撒旦亲吻了你的眼睛，因此你就有了魔鬼的胆量
那是个春光明媚的早晨，如同你春光明媚的爱情

第七片叶子掉了，你忘记了自己
欲望被焚烧，它领先起舞，你的月亮爬上了夜空

你有着哲学家的抽象，那些酷暑和严冬只在浮云中生存
世界的影像里，没有鸟的降落，却有着巨大的阴影
你笑了，第七片叶子变成了野兽，如蠢蠢欲动的邪恶
你耀武扬威的灵魂，如你的贪欲你的爱情，你就是撒旦

第七片叶子落入风中，你幽灵一样的智慧很快分崩离析
黑色的花朵在余烬中凋零，你是谁

## 你与荒凉是孪生的姊妹

小岛上有一个蓝色的月亮

那是一朵玫瑰死亡的灵魂

那诡异的光充满哲学的幻觉

到原野去吧，如果你能读懂人间

那些爱与恨的朝生暮死

那些火焰中焚烧的躯体

还有那些自命不凡的孤独

你要知道，那些精神风暴如同你毁灭的形体

在黑暗中与虚空同在


你是悲伤的，到原野去吧！

那些骄傲的被放逐的灰色的翅膀

哦，我忘了，你是一朵死亡的玫瑰

你与荒凉是孪生的姊妹

# 永开不败的花朵

献给我的王。

——题记

雨是否打湿你多情摇曳的梦境
尘世的风还是那样无际与苍茫
飞翔的河流已接近大地的秘密
我的王，千年已过，你是否还是那样高傲与忧伤
夜莺来了又走，那欲念的翅膀是那样悲凉
当星星开启山峦之门，风声比你的剑气还要生动
我的王，红尘中的蝴蝶学会了在柴门前舞蹈
入世的花朵会劝你像蚱蜢一样歌唱
我们在尘烟里倾倒世俗的虚妄，是谁将隔空的酒杯盛满烟雨的荒凉

我的王，红尘像一枚摆渡的影子行走在灵魂的刀刃上
那火焰与海水就是永开不败的花朵

## 会飞的小白鹿

有趣的灵魂，万里挑一

亲爱的小白鹿，你的眼里除了仙草与梅花

可曾有过雷霆与闪电

夜微凉，我给你沏的茶还在石凳上

你可敢饮这白露霜降

我在这独守一方城池，就为这唯美的侠骨仙风

玲珑棋有一子未落

你可执剑幻化这千古迷局

小白鹿啊，小白鹿，君心若仙子，遗世而独立

# 阴影的翅膀

阴影长出陌生的翅膀在梦中舞蹈

虚空的云雾在深渊处痉挛

空洞而阴郁的灵魂隐入黑暗之境

那黑焰般的外衣企图爬上倪克斯的眼睛

在梦与死亡的边缘混沌未开

哦，这邪恶的欲望，塔纳托斯黑斗篷上行走的魅影

## 仙鹤与岛屿

你用当归研磨入酒，山野一片青绿
三千月色乘着白鹤的翅膀释放草木之光
长风浩荡，如百花浮动的醉意
以无我之心宽恕红尘
赶路人已归岛屿，唯鹤儿静默依偎

# 天空之城

给伊莎。

——题记

百合在盛满孤寂的大地，穿过夜空在虚无之境歌唱
摇曳的森林给冰冷的欲望披上寒风的羽衣
蝴蝶与花朵并肩行走
陌生而遥远的河流正穿越自由之门
狮子携着野蛮的思想奔波于梦境之中
鸟儿在永恒之地寻找栖身之笼
梦幻之美却沉睡天空之城
一无所有的火焰在彼岸冉冉上升
这不朽的悲歌落入无人之境，尘终究是尘

# 无题（六）

重明鸟啊重明鸟！

幽暗的秘境中，邪恶之花怒放

怀揣虚无与孤独的木头已长成人形

幻觉般的闪电像流火掠过大地

倾斜的圣杯盛满晦暗的绝望

重明鸟，当你的羽毛落满灰尘

那披着精灵外衣的蝴蝶像亡灵一样在跳舞

晚安吧！这不朽的盛宴

悬崖上的灵魂抱着童谣高谈阔论般狂欢

这人迹罕至，野心十足的隐秘之境

深渊跌落深渊

# 北山无双

笑语盈盈的千山绝顶，可是你千年前御风的黎明
北山无双，青鸟像婆娑的梦一样遁入尘世
那丢弃的身影却像蝴蝶一样开满孤独的峰顶
北山无双，你的双剑饮下千古惆怅
负伤的青鸟，再不会变成蛊惑人心的爱情
摘走你盛气凌人的浩然之风

千年已过，北山无双，千山绝顶的王者
你的孤独比你的人生还要茂盛
一朵又一朵恶之花，把孤绝的峰顶化成忧伤的海洋

沧海桑田，世事轮回
那只美丽孤单的青鸟，在尘世像苍穹映照下的碧波
开成了一朵幽蓝的绝世之花
清丽的花香像人人羡慕的美丽翅膀，一遇风就能轻轻飞翔
这美好的花香直抵千山绝顶
北山无双猛然惊醒，御风前行
北山无双，你的悲哀胜过你举世无双的骄傲
那朵绝世之花幻化成人形站在你的面前
它原来就是你北山无双，一个孤傲的，清冷的，纯真的自己
被你抛弃千年，飘荡尘世千年的幽绝之花

青鸟啊，不，北山无双，倾尽毕生之力见你最后一面，携一缕忧
伤绝尘而去

谁是我，我是谁
北山无双，你哀伤的泪水凝成洁白的雪花
这漫天飞舞的精灵带你回到了千年之前
千山绝顶，青鸟御风，北山无双，剑指苍穹

# 灵魂永恒居住的大地

灵魂永恒居住的大地有一朵森林之花
亲爱的，那是我苍白梦境中戴着花环的白月光
那些诱人的花香宁静而忧郁

这么多年来，我们背负生活的暗影
追逐内心跳舞的丛林
亲爱的，你可知，当沉重的河流漫过自由的心堤
那些肤浅的哀伤就变得瑰丽多姿
灵魂长出的翅膀也酣然入梦
亲爱的，没有谁能长眠在孤独的深渊中
那些醉人的歌声从无穷无尽的密林中延伸出一个
荒凉的、空旷的、飘忽的自我
你看，我正怀抱着你落泊天涯的夕阳

# 叶儿

叶儿
你抱着光明和大地
却在深渊的翅膀上飞行
你美丽忧郁的灵魂
将在孤独与黯然中生存
所有的风经过荒凉的梦境
暮色中生长的山峦，死寂般沉静
那河流一样的少女，捧着死亡的花儿歌唱

纤细的叶儿，落满灰尘

## 在蓝色的幻想之中

你是否在汪洋的尽头发出叹息般的声音

我悼念你如同悼念一株枯萎的玫瑰

昨天的风穿过今天的火焰，在灵魂的尘世行走

谁在波涛汹涌的梦中怀念起葱郁的山岗

哦，叶儿，那些自由自在的孤独与隐秘的光源之中

缪斯的眼中满含泪水，你的世界是否披上羽衣

我守着影子，却从未明白一粒尘埃的荒凉

在蓝色的幻想之中，一片叶子在静默中沿着河流而下

在时间的彼岸，风在打捞生命的倒影与死亡的灰烬

# 你只是一页尘世的过往

那些隐秘而无知的梦境

是魅影里的孤独

谁的歌声正掉落深渊，灵魂闭上双眼

你无法拒绝，坟墓上跳舞的花朵

它们热恋燃烧着的死亡

你一生都在寻找，另一种黑暗的穿越

而你却给太阳戴上面纱

你在阴影里种植愚蠢，形成令人窒息的荒漠

你幻想生长欲望的黎明

而思想却成为祭祀的天空

你释放火焰，焚烧自己

将孤寂的天空交给遗忘前凋零的忧伤


你是谁，不，你只是一页尘世的过往

# 伤口上的蝴蝶

伤口上的蝴蝶将自己的灵魂流放

蝶儿看到了深渊与行走的悲伤
那梦幻的花朵带着火焰将哀怨寄给永恒

蝶儿，你将影子套上枷锁像抵达苍茫一样
这空空的荒原长满荒芜
你怀抱苍凉，盛满孤独
你选择了曾经沉睡的幻影
这流淌着的叛逆像另一种生命的死亡

今夜，一个月亮以梦呓的形式长出欲望

# 白鸟（二）

孤傲的天使，令人迷幻的芬芳
你衔起一羽黑纱，抛向我的灵魂
这苍茫的暮色像孤独的深渊
我沉郁的心，不可避免地坠落
哦，这夜的羽毛像婆娑的梦一样孤寂
斑驳的幻影在风中摇曳

白鸟，这愈来愈沉的荒芜，这永恒安然的腐朽之花
已将我层层覆盖
深处的深处，我是否能开出一朵灵魂之花
献给你的美艳与绝伦

我远离阴影里安睡的梦儿，带回一叶孤单的翅膀

# 单薄的花朵

单薄的花朵，双重的灵魂，在夜色中摇曳出荒凉的孤独
自由的梦幻像不可饶恕的深渊隐入沉沉的悲哀
生命的真谛像一朵浪漫主义的忧郁成为情感的奴隶
喂，花儿，你的唯美或残缺融入生活的清高与叛逆
你黑色的幻象像任性的痛苦散发出沉郁的哀伤
时间在陌生的流浪中带走生活全部的秘密
你如一颗滑落的流星灼灼耀眼又接近死亡
花儿呀，当目光厌倦了消沉的孤寂
你是否还是一朵邪恶的忧伤

## 尘封的一则敌意的悲伤

你不断地从玫瑰的额头上运送战马和粮食
那荒凉的夜晚和颓废的月光在彼岸密谋
企图挖空梦的心脏
这无与伦比的虔诚像蛇一样匍匐于孤独的荒原
这原始的利刃背负着塔纳托斯的黑斗篷寻找自由的出口
谁在孤寂的深渊中歌唱一曲英雄主义的悲歌
那黑色的蓓蕾像邪恶的巫术在空荡荡的夜空开出绝望的花朵
冰冷的风架着忧郁的翅膀掠夺走了上了诅咒的火焰
你谋取的永恒诞生出幻灭的形体
这永生的梦被无情地流放
嘘，这是尘封的一则敌意的悲伤

# 献给伊莎（二）

你的爱和痛苦的玫瑰在天空之城盛开

月光沐浴着风的翅膀在孤寂的夜空燃起了熊熊火焰

它焚烧着一切绝望、失意和寒冷的黑夜

伊莎，一切野蛮苍白的哀歌都是欲望长出的荒草

那死亡的外衣在黑色的历史中开成了花朵

你御风行走的孤独游离于荒原之外

伊莎！那些被岁月掳走的陌生、幻象像一曲古老的悲歌

我们无法表达最原始的存在，那滑落的空旷恍如隔世

你看，遥远的梦多像一株潜伏的曼陀罗

那迷幻的芬芳多像不可预知的死亡和爱

我迷恋这虚幻的永恒与自由，我要寻你纯粹的灵魂，伊莎

# 我是浪尖上的一朵忧伤

大地和天空都在歌唱

行走的花朵燃着蓝色的火焰

可爱的精灵在夜色中跳舞

陌生的人啊，你又是谁

在海波打捞永恒的涟漪

我啊！是浪尖上的一朵忧伤

牵着夜风落入梦幻的海底

# 长着天使翅膀的女巫

那幽暗的镜子中的微笑
那孤独的跳跃的火焰
那摇曳着的纤细的影子
它们裹着风暴在苍白的原野跳舞
不朽的深渊像花朵一样开放
那长着天使翅膀的女巫
出落得像玫瑰一样妖娆
心啊！可有片刻的欢愉
像这夜雾中朦胧的欲望
如梦似幻歌唱不已

# 玫瑰色的鸟儿

欲望的伤口开成花朵
忧伤的眼睛与夜风交谈
谁的独木舟载着孤独的黄昏
看，这是唯一的，纯粹的寂静

那只玫瑰色的鸟儿寒冷而清高
它在拥抱火焰之前回归荒凉

# 一梦成空

亲爱，我在流水里看落花

那片片忧郁刻在了风的眉间

多少年了，风声一长再长

骨头里的荒凉变成了猩红的火焰

我们在生活里泅渡

你满身妖娆像个待嫁的娘子

而我就是那落魄的书生

你可知尘缘如梦

我们经不起岁月的摇晃

三月来了又走

我们紧抱脆弱的孤独，剥离虚弱的灵魂

那朵花在我的眼里一直病着

它抚摸着流水的冰凉在呼啸的风声里

燃烧疼痛

我们瘦弱的图腾，一梦成空！

# 尘烟过尽

那美丽的雪花

落在我的手掌，却映出了你的眉清目秀

风轻轻地一吹，你就在一首诗里一病不起

请允许我饮下孤独，洗涤这忘川的荒芜

红尘浮华，你永远是一副书生的打扮

这一曲琴音在你的渡口忧郁成蝶

我们各怀疼痛，开成一朵又一朵黑色的玫瑰

这一路风声已与梦里的桃花无关

风过，片片残花零落成泥

我转身处，你可曾看见呼啸的梦境

眉间的尘埃在皱纹间燃烧

我什么也不说，让这岁月的铅华盛开一纸斑斓

于天涯处祭奠尘烟过尽的离殇

# 司马如风

你高举梦的火种，在河边饮马，马背上都是月亮的微笑

多少年了，你还在那个古老的传说里弄月摘星

你的剑气拨出激昂的琴音，过路的鸟儿纷纷驻足

其中一只就是你柔肠千转的爱情

那朵流传千古的白云，像你多情的眼神

司马如风，你灵魂中的玫瑰像火焰一样燃烧

那盛开的春天一路芳菲

然而，古道烟火，如风蔓延

那天空的影子终究没能下一场淋漓的大雨

你轮回的梦中都是荒凉的原野

那只背负阳光的鸟儿早已变成了一只斑斓的蝴蝶

司马如风，铜镜里的白发夜夜将你灌醉

你变成了一朵隔世的莲花袅袅开放在摇曳的风中

那纤细的蝴蝶，最终没能飞过沧海落在你孤独的眉心

# 白夜画

我们都败给了沧桑的岁月

与夜无关，与失踪的明月无关

我们在自己的影子里签名，而后闭口不言

我们在幽暗的屋子里砌墙，然后孤独地逃亡

远道而来的风声，失明的脚步，时而在耳边盘旋

它们像神秘的爱情，在一个虚拟的场景，出现又消亡

而后再出现，直至苍白地死去

把自己放在灵魂里吧，一切梦之外的玫瑰只是一朵活着的意象

那些粉饰的眉眉眼眼，只是一个逝去的朝代

谁白衣白衫，凭吊古道幽巷

# 孤独长成死亡的花朵

瘦骨嶙峋的花朵一生都钟爱着自己的影子
直到有一天随风飘零，它再也抱不紧自己的身子
它再也不用担心失落时灵魂从半夜出逃的折磨
以及那些虚妄的梦境，与影子外衣下飘忽的光亮
和来不及寄出的透明的月亮
它凋谢了，那大把大把的忧郁开成了蔚蓝的云朵
它看到了生命之外烟花一样的爱恨

悲哀的初衷相依于空空的墓床，孤独长成死亡的花朵

# 无题（七）

我看见你遗落在镜中的照片
你说你生活在众神歌唱的天堂
更多时候，我眼前飞舞的是一个简单的画面
比如，你身穿布衣，却戴着一副尊贵的墨镜
你背着弯曲的月亮在沙漠里歌唱
你打捞你脚底的风，试图找寻出口的河流
你果真去了，夜晚的月亮还没有苏醒
你燃烧过的羽毛在沙漠里酣睡
你火焰一样的翅膀在剥落的岁月里变成了固定的姿态
众神还在飞翔，你身负漠漠风沙，忘记一切来时的路

# 自由的花朵

我们谈谈诗歌里的那些玫瑰与星辰

那美的天空和典雅的梦境

你的高贵的气质和飞翔的灵魂

你的快乐，悲伤，纯真的笑容

其实，这些都是存在的理由

像我崇拜的那抹青翠的绿色和不染纤尘的纯净

看，那美丽的太阳，它正在尘世款款飞翔

我们的真知与心中的歌培植自由的花朵

它正在归来的路上，静默无声

# 鹭鸶，永不复归的幻影

那些冰冷的梦境里的哀伤渐行渐远
你是否还在为一只远行的鸟鞭打自己的灵魂
你为谁的思想燃起了白色的火焰
谁放牧了自己的一生，海边的鹭鸶衔着最后一片落叶
隐入了苍茫无边的冬季
那绝美的弧线在无际的旷野紧抱虚幻的孤影

在人世，大雪开成了我们灵魂里的花朵
那冰凉的美在尘世病成了黛玉
在寂寂的风里，我们是否还歌唱悲伤的永恒

鹭鸶，永不复归的幻影，那朵瘦弱的孑然伤神的琴音

# 不死鸟

不死鸟的第三次鸣叫，尘埃便开始下落

枯草有了回头的姿势

坐在镜子里的太阳已漂洋过海

盘旋的风吹掉了身体里的阴影

那些复活的欲望像一只婉转的夜莺

在歌唱之时便看见了夜空的星辰

不死鸟怀抱尊贵的自由如风飞翔，如花开放

# 无题（八）

蓝色的光在眼前摇曳，它劫持了我心底的幽静
灰色的灵魂正与山谷融合，长满了冷冷的姿容
你说，忧伤的路人，你把自己雕刻成绝壁上的花朵
古老的肃穆在冷风中萧瑟
我说，你看，熟睡的深渊正膜拜哀伤
谷底的风正把世界吹落

远处，花瓣上行走的清霜日益纯粹
那浅色的芬芳已没有了春天的模样

## 流淌的风

在橘色的欲望里与自己和解
一粒种子羡慕的春天找不到宽广的平原
谁随着落叶游走，谁找到了河流的归属
有多少沉沦的眼眸让世界悲哀地游离
那个可爱的时光提着外衣在林中舞蹈
在冷艳的风中寻找梦一样的大地和天空
亲爱的，你可否在与自己握手言和处
觅一处恰如其分的地点将生命安放

流淌的风正高出水面

## 蓝色的星星

亲爱的你呀
请穿起粗布衣裳与我一起飞翔
当黑夜沉沉睡去
淡蓝色的梦中有阿佛洛狄忒的歌声
你看，月光倾泻，春天开出了花朵
那永不衰老的欢乐在我的心头荡漾
亲爱的你呀
请展开美丽的翅膀

永恒的天空有一朵蓝色的星星
它盛开在多情摇曳的风中

# 我不想

我不想让悲伤的词语占据我的灵魂
像那孤独的落叶生活在忧伤的尘世
我应该像夜莺一样欢欣
那凌风起舞的身影像欢乐的黎明
亲爱的，当年华逝去
那无拘无束的生命还在与岁月谈心

# 悲哀

白色的灵魂在黑色的殿堂飞翔
尘埃在走近自己的途中失踪
满目的荒凉害怕在火焰中飘逸
亲爱的忧伤在邪恶的空气中跋涉
冷若冰霜的孤独被幻想流放
谁的悲哀像夜莺一样歌唱

## 风中的魅影

忧伤的花儿在火焰里跳舞

我从风中穿过，飘忽的幻想在虚空里生根

溢满清香的百合，跌坐在蝴蝶逃亡的路口

身体里的雪将整个春天冰冻

风中的魅影，可是这灵魂里的黑暗

你单薄的手掌可否握紧我无妄的惆怅

# 泊岸

我坐在荒凉的舟中悲伤
在我波涛汹涌的梦里
我看到了天空和鸟的死亡
所有的春天都从水中穿过
完美的外衣大面积逃亡
苍茫的夜中，那些冷酷的风穿透了卑微的暗礁
能到我的岸边吗，我要抽出火焰的肋骨
植入这漂泊的灵魂

# 姐姐

戴着花环跳舞的姐姐，你曾出现在我幽深的梦中

你多情摇曳的目光，婀娜多姿的灵魂，已高出尘世所有的风声

你对着我歌唱，草原的夜空长满了星星

你说故园的容貌比草儿还要青翠，我们一低头就能捕捉花朵的笑容

当小鸟的翅膀掠过眼眸，我们的心儿就会飞翔

姐姐，人世间的希望像小画眉的眼神，晴朗的天空就是向往的黎明

姐姐，今夜我就站在故园的梦中，满园的芬芳像玫瑰花一样迷人

那衣袂飘飘的青春，可是你轻歌曼舞的身影

# 时光之门

我们怀抱着梦想说爱，说生命和黎明
那些美丽的芬芳像嫩绿的小草
它在你的目光里不停地摇曳
我们比花朵还要年轻
那些自由的空气有着玫瑰色一样的灵魂
我们无所畏惧，像娇艳的爱情开放在广袤的苍穹
那个亲爱的，狂野的风儿，已打开了时光之门

## 披着轻纱的风

当玫瑰归于灰烬，我便回归自己的灵魂
我的悲剧思想更热衷于一片落叶的孤独
你在北风里播种春天，我在秋天里焚烧永恒
野蛮的舞蹈只是一场自然的暴风雪
黄昏时它便在阴影里收缩自己的翅膀
当荒野驻扎在眼眸，生长的尘埃比想象朦胧
披着轻纱的风，更像一个自由行走的诗人

# 忘尘谷

我告别自己走入忘尘谷

眼睛里的孤独长上忧郁的翅膀

可是，亲爱的，有多少爱像蓝莲花一样开放

空谷里的身影比世事还要迷茫

我一页一页地倒退，怎么也走不出自己的脚印

有多少事一不小心开成花朵

有多少梦让我们了断红尘

我回头望你，夜色越来越长，身子越来越小

忘尘谷中的月亮泄露所有的秘密

夜夜焚心的花儿已被自己重伤

# 孤独与自由之门

第七位女子来到了这孤独与自由之门

深沉的骨殖在水中开放

这宁静与和谐不是眼里的白合

妹妹，幻影在尘世升腾

世俗的逻辑引诱所有的遇见

我在孤寂的枝丫上凭吊火焰

你抽不走自由行走的风声

妹妹，衰老的花朵越来越消瘦，那些忧思不会飞翔

晚安，娇艳玲珑的妹妹，让安静禁锢萌动的欲望

这孤独与自由之门

# 蓝色的花朵

蓝色花朵顺流而下到达永恒的彼岸
那些被切割的虚无像勇士之火对着月色跳舞
灵魂搂住颤抖的身体，水也是蓝的
有多少美丽的玫瑰渴望与春天亲密
它印在水中的倒影，已离开身体
那个绝情的，美丽的你正展翅高飞
花朵的眼睛里都是蓝色的味道
一朵流放的秘密在水中永生

# 你要学会

你要学会

一个人在风中起舞，风中弹琴

然后优雅地谢幕

那片埋葬蝴蝶的树叶至今下落不明

它的容颜又蒙上多少灰尘

你尽管起舞

这初秋的风载着多少沧桑在红尘外逍遥

这一摇一晃就是一生

我们走了多少路，在世界万物中学会清贫

那个身穿蓑衣的知己，又饮下多少烟雨飘零

我们把生死一次性走完

又有多少秘密瞒得过世人的眼睛

# 某个时候

某个时候，在生命焰火中卑微地逃离自己
灵魂的愁绪在眼眸中泛滥，喂养月光的水滴栖身林间
冉冉开放的花朵在歌咏中安详地睡去
夜色中，影子脱离身体跳舞，情绪混沌，我们终究成不了自己的
蝴蝶
一天只一天，我们取回身体的矛，刺向灵魂的盾
风声像鸟儿的鸣叫，清脆地吟咏忧伤的梦境
不用到来，那些孤独，活在深邃的夜空，缄默不言


寂静永无止境地蔓延，从子夜

# 冰花

这一生，我的灵魂有火焰一样的翅膀
你却是冰山上最美丽的精灵
让我如何走近
那无所不在的忧伤，开成了蝴蝶一样的花朵
冰花呀，你的泪珠拂在了她的梦境
那柔柔的风声似乎有无所不能的相逢
我燃烧的梦境有玫瑰色的灵魂，在那永恒的神殿相爱相亲
这长长的带着花香的梦境烙在了我的生命之中

多么可爱的梦境，多么忧伤的翅膀
冰花呀，你可知她眼睛里的湖水，那片忧郁的汪洋
你可知她悄悄来，静静走的悲伤

# 幻梦

你在河流的翅膀上找寻歌声

这烟雨斜风，还有精灵飞翔

我从花朵的枝头滑翔，像蜻蜓一样立在水边

修普诺斯已经扇动了翅膀

风里的梦境它不会安详地消亡，那神杖

还有金发碧眼的星星，它点燃我心中的欲望

那条河流以及那朵虚幻的花儿

它落在我的额头像潘多拉一样的眼神中

我拒绝苏醒，我要这罩着薄雾的青纱像草木一样葱郁

阿莎，你还好吗？那些惆怅的夜歌会遮住岁月的情影

离我远些，不要哀伤，我的孤独只想焚烧自己的心魂

若干年后，当修普诺斯抽去他的双手

我会交还自己还有心中的爱与梦境

# 九朵灵花

岁月匍匐在山海

九朵灵花跳起了美丽的舞蹈

四野空阔，我们灵魂相遇

春风不语，人间之路如琉璃

亲爱，我瘦弱之心执花为盟

春秋人生，谁手持拂尘于眉间洗尘

暮色沉沉，如水黄昏在风中微笑

亲爱，梦蝶人在杏花村醉酒

那些忧伤来不及上路

我低头，九朵灵花正摇曳地开放

## 高山流水

一粒蓑衣关闭我老去的样子

从此我归隐山色，纵情文字

别样伤情，怎及你浅笑盈盈

今生许你醉在我的文中，暗香浮动

身后半亩方塘，花开未落

清清浅浅的月光，如手中拂尘

饮一杯月色可好，我们不谈诀别，只谈相逢

# 永恒的爱与梦境

这片美丽的花海在时光深处摇曳

这香像纯真的笑容

我已安于这简单，宁静，带着淡淡的芬芳

亲爱，这是你灵魂的味道

它的恬静像柔和的光一样，朴素，安宁

我行走在月色下，感受花儿的祥和

让这岁月的深洞，背离野性的幽暗

这无垠之月，这永恒的爱与梦境，在你的眼里，我的心上

# 寂静抑或歌

我站在你后花园的暗门

不知是安逸还是忧愁

我只记得你是一位驰骋沙场的将军

这细细的雨丝和屋檐上作古的灰尘

它们都落在我灵魂深处

这虚无到真实的场景像这孤独的花开在尘世

远行的鸟儿已不在清晨言及离殇

比这房子更空的是，逝去的显山露水的衷肠

某年某月，一叶羽毛飞越纯粹的梦境

在花朵开合的途中燃烧寂静

## 我们都有着落日的忧郁

乡下的日子很平静

风呼呼地在耳边刮过

我们像一根秋草站在岁月的边缘

这纯净的日子越来越朴素

甚至可以听到麦穗的呢喃

在旷野，我们抱着秋风看燕来燕去

偶尔也会患上风寒，咳出小小的忧伤

亲爱的，很多时候，我们都有着落日的忧郁

## 想起你的时候

想起你的时候，麦子就拔节了
它每长高一寸，我们就多一层戒备
生怕将孤独的灵魂割伤
更多时候，我们只是用来倾听彼此生长的声音
我们将自己固定在俗世中
隔着一个辽阔的寂静，卑微地生存

## 魔鬼与女巫

你把刀剑刺向了灵魂的羽翼

你蓝宝石的眼睛里有多少秘密

在这死亡的船上遭遇风暴

你所向无敌的邪恶在燃烧的火焰中开成花朵

那些骷髅魔鬼在花香里纷纷获得重生

你的千军万马在拥挤的夜里闻风摇曳

海之船在深渊里航行

你说前面的光是密闭的火团

你的王国就在撒旦的翅膀上

那些海盗一个个倒下

你说魔鬼只有另一个魔鬼才能征服

它们都活在自己残酷的欲望中

死亡的号角将一朵又一朵的苦难种植在海面上

海洋是容纳一切的精灵，包括死亡与重生

你的眼眸现出了歌唱的女巫

她将爱情之吻印在了你的额头

你的心获得片刻的宁静而后又被浓云侵吞

你将利剑刺向了忧郁孤独的爱情

爱你的女巫化作满天花瓣飘落海中

大海出现前所未有的平静

那些魔鬼与漂浮的尸体突然消失

莫名的孤独涌上你的心头，你伸手接住一片滴血的花瓣

饮下此生最绝望的惆怅，剖腹自尽

海面开出大片大片的花朵

你蓝宝石的眼睛里现出了女巫的身影

你们相互拥抱亲吻，世界只有这简简单单的爱情

# 伊儿

## 一

伊儿把自己装进瓶子
放在镜前自我观赏
诱人的体香从瓶口溢出
这与那支废弃的口红格格不入
镜中冒出一股青烟，她似乎成了遁世的魔鬼
她盯着自己傻笑，在很大程度上成了孤独的玩偶

## 二

这充满妄想的魔力，衍生出很多快意恩仇
衣橱立在墙角盯着天花板发呆
伊儿把过时的衣服扔给布满蜘蛛网似的黑夜
时间已过午夜两点，场景像得了癌症的情人
一遍一遍呼唤死去爱情的名字
她最后像一个公主将自己埋在了孤零零的梦里

## 三

整日整夜她都为自己的幼稚忏悔

那个蝴蝶标本已死在了书里
所有和她相关的事物都浮在了空中
伊儿将玩具熊抱在怀里
不知是第几次像一个母亲抱着自己的孩子
这孤独的场景让她痛哭不已

# 秋色落尽

我用孤单的心灵敬重着你的黎明

婚姻是什么？一片叶子伸向了虚空的手

我们看见了眼里的火焰，它焚烧着王国的墓床

我们的生命在人性的河流中第几次重生

我追着自己，凝望你的灵魂，与你相爱

但，我们的欲望像一个预言者，只在赞美的唇上生香

我们独立的信仰像各自灵魂的代言人，只与自己的形象说话

我们的荒原像探求真理的太阳，照耀着多少孤独的影子

我们的到来和我们的归去一样，只有自己穿越自己的梦境


秋色落尽，我们的模样可依偎彼此的心魂？

# 它衔走了一枝孤独的蔷薇

散乱的梦境像片片飞雪

覆盖在灵魂的花园里

你到底是谁

那些被天空遗忘了的影子

交出了骨头里的火焰

这座沉默的花园在水火中逐渐苍老

我走向了隐隐消散的花香

灯火持续下沉，我放飞一只歌唱的小鸟

它衔走了一枝孤独的蔷薇

# 彼岸花开

那么多莫名的星星在云端苏醒

多少年了，森林已戴上了金冠

直到黑色的风衣披上了殿堂之门

这是一团虚妄的火，它避开了悬崖上的花香

这是残酷中的温柔，这是妩媚的智慧

你说，一朵花开的姿势与一个孤独的灵魂震慑于

手握圣杯的女巫

但她的眼睛写满忧郁，花香弥漫处已无辽阔之光

你说，只怪彼岸花生生相错

她说，它是绝美的妖娆，是无边的大自在

这魔幻的芳香在杯中摇曳，谁也无法将它一饮而尽

倒悬在杯底的灵魂妄图行走在大地，谁的信念会永世长存

彼岸花，这火照之路，这妖艳的舞蹈，花开亦花落

# 怀念

多年以后，我仍在怀念你。——白鸟

——题记

多年以后，我仍在怀念你

你悠远悠长的眼神穿过海边，穿过云间

像一朵清丽的梦，轻轻地吻着春天

吻着一朵莲静谧的心事

在水天一色的意境中，我多次临摹你纤细的身影

错把一朵花开当成了你的微笑

在这俗世红尘中，你是否已轻轻放下

轻轻放下这满天的云彩，遍野的山花，时而轻柔时而粗犷的海风

白鸟啊，有梦的地方是否真有飞翔的声音

我遇见了你，还是遇见了我自己，这湖光山色，倒影摇曳

这清爽的空气，这无边的辽阔

可我却是这样的孤单，阳光里的身影衔着一片叶子远去

了无痕迹。我却中了你的蛊毒，在风中轻歌曼舞

描摹你的唇，你的眉，你眼角的波

# 怒放的星星

镜中花影婆娑，它照见了大地的微笑

行走于尘世，请拥抱这美丽的烈焰

那些花不舍昼夜生长青翠，它们是大地的女儿

如果你遇见自己，请赋予它们更美的光环

亲爱的，天空额头上的芬芳正在行走

如果你已握住生活的欢欣，请深爱自己自由的灵魂

日月之光，这束娇艳的玫瑰，它会在风中长久地盛开

你的世界，它站立在沃野之上

你的爱在花朵的眼里，这怒放的星星

# 无题（九）

没有多少破碎可以言说

我孤悬于掌心将最后一束花归土

星光淡了又淡，这幽幽月色将影子

嵌入大地

这安静比风提前到达

夜有它的高度，于星辰问路

必先钟情于自己

我这小小的情怀，正在剔除体内的烟火

天亮时，风在孤独里打坐

鸟声衔来第一缕晨光

你说，下一个路口

我止步于尘世

# 牵出我们的小白马

亲爱的，我要为你建一座江山

牵出我们的小白马，日夜兼程奔向对方

远吗，这幽幽涧草生长出很多月色

我们眼里的光蜿蜒山水间

如果那一天我们超越时光

请告诉自己，我们的爱远比一条河流宽广

## 云影飞过那紫色的魂

陌生人，你忧郁的面容，绝望的诗篇
还有你手心那些赶着流水过日子的风
在你杀死黎明之前，我得逃离
我害怕灵魂上的清霜开成花朵
那一朵一朵的灿烂接近死亡的笑容
我这个多愁善感的路人，最好远远地望着
望着生活中那个孤独的星星
世上只有一种宁静，越过自己罩着薄雾的梦

你看，缥缈云中路，云影飞过那紫色的魂

# 三千里月色

透过夜，我看到了你的怜悯
还有内心深处的不安与躁动
你手握莲子却燃烧火焰
那些被雨水浇灌的梦境，刮起了蔚蓝色的风
天空下的杨花，像洁白的雪
飘洒的自由已穿透了你的尊严
你纯粹的灵魂流落到风里
那朵桃花像染色的江山，栖息在山水的枝头
我要透过你的眼眸，熄灭这干净的烟火
归还你安静的灵魂与草叶上的梦

这三千里的月色，怀抱影子与天空对饮
你没有走远，风已烂醉如泥，人事不省

# 白鸟（三）

白鸟，希望之鸟，飞翔之鸟。

——题记

白鸟，你迎风而立的身姿是多么的年轻
你婉转的歌喉带给我无穷的爱恋
我想，我已经睡在了紫罗兰的梦中
我们抛弃孤独与行走着的落日
我们注目花瓣上娇艳的清香
我们将翅膀上的火焰送给缪斯
还有阿佛洛狄忒可爱的娇容
亲爱的白鸟，我要携你走入轻歌曼舞的生命

# 你不要如此孤独

忧伤的小岛，你不要如此孤独

你看，月色下的花朵有爱人一样的脸庞

冷若冰霜的石头已戴上了花冠

玫瑰色的灵魂已穿越风声

你还在等待什么

你要跳起欢快的舞蹈

让影子与你一起幸福地歌唱

你看，明净的岁月是多么诗意

一个会心的眼神，依偎的小鸟

就飞越波光闪闪的海洋

# 云剑情

## 一

少主抛却红尘回到草木内心
你步步生莲的妹子却像江山一样妖娆
你熄灭火焰抱起流水
指尖的暗香浮动着高山流水的琴音
月色下
你如莲似水的孤独吹皱了碧波的衣襟

## 二

你的剑气曾误伤岸上的红尘
你的妹子一骑绝尘令山色空蒙
那弯新月醉在雨中，不愿苏醒
青青子衿，悠悠我心

## 三

谁是谁花前月下的风情
谁是谁惆怅若梦的今生

你的青山极目千里

她的风华误入风尘

那翩若惊鸿的背影付给一缕浮生若梦

# 悲伤

大雨倾泻而下
看不见一点孤独的影子
我仿佛看到大地的边缘
无法排解的悲伤

## 心怀纯净

我走在柔和的风里感受麦田的内心
它们都要成熟，像我飞逝的青春
那寂静中升腾的火焰，就是开满额头的花朵
这世上有多少郁葱的土地，就有多少牛羊的歌声
当鲜活的风声突然安静，或是它放弃了贪婪的梦境
当生命和灵魂再度抱紧，那是爱情和自由已经飞升
你看苍穹是这般的朗月清风，像我当初爱你一样
心怀纯净

# 不如归去

亲爱的，浮华落尽
一叶蝶衣，依岸而立，素净如你
你可知，万水千山，不如归去

## 这生长欲望的午后

这生长欲望的午后
我将墓穴的小草取出，给它擦拭泪痕
这光与影交替的囚徒，走入隐秘的天空
那怜悯的孤独跑入风的额头
双手触摸的光在漆黑的花朵中开放
我说，亲爱的，风声已遁入无形的门

# 泊岸

你茂盛的智慧长满了水草
隐秘的欢欣伸入夜空
缱绻的风将水吹皱
白玫瑰像帆船在水中摇曳
该如何踏足，这轻柔而飘忽的梦境
或是那水妖的歌声
让埋藏的火焰重新沸腾
这水与火交织的心魂

哦，或是那失踪的夜莺在找寻天空

# 呼和浩特

呼和浩特，这座美丽的城市
寄托着我的希望和梦境
你的忙碌，你的清闲
你的黎明时静止的目光
你的黄昏时坦然的宁静
那些匆匆而来又匆匆而去的人们
在你的笑容中静静地流淌
呼和浩特，我们终将离去
我们把美丽的瞬间，留给你孩子一样的面容
那些美好的灵魂将同你一样年轻

# 无题（十）

一滴泪在我的心间悄悄生长

蝶衣归处，浅浅地拥抱自己

每一步出走的灵魂，都有回归的脚印

我们过重的心事，将辜负陌上的重逢

西风吹落倾城的绿色

谁的手中紧握荒凉的梦境

飞花万盏，怎抵得过明灭无常

身后的孤城，来不及倒退，已然空空

亲爱的

我们隔着一场雨的距离，轻轻地

告别自己

将满眼的空旷，留给荒原的风声

# 在你忧郁的梦境

在你忧郁的梦境

我摘得一束花儿的忧伤

那些美丽的哀怨就像这夜晚的天空

会到达哪里

这繁星如洗的海洋

风儿呀

我们只是夜空跳舞的小鸟

我们的身影像长着火焰的玫瑰

我们等不到自己

在这温婉、宁静的梦中

或像流星一样滑落夜空

# 花儿，别在路口沐浴风霜

花儿呀，这炽热的梦境，可否烫伤你的灵魂

这漫漫风沙，可否吹去你眼角的幻境

你可否穿越这美丽的世界，在虫草的世界中

寻得一片宁静

好吧，我将无穷无尽的意境捧到你的面前

你永远是那朵忧伤的花儿

你走过孤独，走过夜晚，你的灵魂有薰衣草的味道

你看，这美丽的宁静，在你的眼眸正沉沉睡去

亲爱的花儿，别在路口沐浴风霜

# 孤独

你真是一个调皮的孩子
一直尾随我结伴同行
今天来到这摇曳的密林
我们可否倾心相谈
谈这么多年来的相濡以沫，和空荡荡的
宁静。如果有一天，你脚着灿烂
我想，这是最哀怨的童真
你指尖的花朵，一直在我心头荡漾
在那香气弥漫的旷野，或许会遇到像今天这样的森林
还有，在柔和草地上做梦的鸟儿
它们抖落最奇妙的歌声
我们应该保持距离
比如，你恬静的舞姿和偶尔沉默的梦境

## 灵魂的舞者

你一袭白衣胜雪
玉指轻拂眼前氤氲
是青春流经你如华美玉
是岁月锻造你纤尘不染
是三生石上的精灵
还是瑶碧仙池的玲珑
是啊
你是我灵魂的舞者
是伯牙子期的神韵
是流水不息的爱情

# 缘生缘灭自在花

又名《梦境奇遇》

我是谁呀，谁又是我
万年之后，我在高山之巅念弥陀
那朵尘世之花还在河的渡口
这个世界有多少误入迷途的梦境
就有多少让你立地成佛的真言
当我走向你的时候，众花皆落
唯有白云游荡在碧海云天
当我看透人世苍茫
满世界都是菩萨的泪水
亲爱的，缘生缘灭自在花
一生山水，我已一次走完
花谢花飞就是世道人心的沧海桑田
触手可及处，只是梦中的叶落纷纷

# 行到水穷处

献给我们的婚姻。

——题记

亲爱，苍山如洗，马匹已老
你我醉卧南山，看云卷云舒
那纯净的夜空，像不像你我梦中的星宿
雁儿低眉，不可说，不可说
摇曳的风在云儿的眼中拈花微笑
灼灼桃林，其香如旧
此生可好，愿你我一世长安
管他世事如何，怎敌情字难了

## 长安梦·梦长安

情落寞，意阑珊
黄昏独上小重山
流年多少风和雨
竹笛声中阵阵寒

娥眉饮马天涯远
孤城日暮影单单
十年一觉长安梦
子归声里说凄惨

# 多年以后

多年以后，怀抱岁月，打量梦境

一匹马穿过胸膛，驰入沧海

烟波处，孤帆谢幕

一朵云，像明亮的姐姐，越过生命的高处

来来往往的风在年轮里滑过

那闪烁的篝火在大地皈依

我们手握青烟，兀自站立


姐姐，许你一朵兰花，在梦境处摇曳

除了你的微笑，就是碧波万里的空空

# 城堡

一只青鸟飞入墓地

墓地兰花有冷艳的孤独

守坟人提着灯笼照着忧伤

一千个心愿长睡不醒

通往灵魂的道路布满雨水

黑色的披风在风中舞蹈

散落的风声吹入耳膜

怀旧的人永居城堡

# 白鸟（四）

白鸟的翅膀掠过心头
我看见白雪在原野荒凉
我要走了
请用如水的柔情送我
让白雪藏起更深的秘密
那些跳跃的火焰吹不醒
冰凉的梦境，告诉我
万年之后谁在冰火中重生
月华如水
满眼的白衣走入深处的深处
一粒微尘
在飘散的风中走入远方

白鸟，一千只白鸟飞入天际

# 你美如一轮明月

亲爱的，当我灵感枯竭

羽毛掉落一地

我浮现的是你忧伤的面容

你野百合一样的灵魂

在朴实的风中摇曳开放

大地在年轮里走过

素净的意境在尘世歌唱

我忘却全部的黑

陷入你指尖的光

亲爱的，你美如一轮明月

# 找到

我找到你诸多灵魂中的一个
那流水般潺潺的意象
你避而不谈人世的秘密
和这片土地上的落叶
我们走进了风里的秋天
那或是时光漏掉的气息
我们坐下来
在宁静的闲适中
捡拾我们身体中的烟火
亲爱的
我们都是梦中走路的人
在穷其一生的时光中隔岸而行

# 万物年轻，我们老过

万物年轻，我们老过
在皱巴巴的意境中，我们捡拾生活中的
鸡毛蒜皮
把它喂给一只无关紧要的猫
它似乎是捕鼠的高手

我们在他乡居住，偏南一隅
美其名曰陶公种菊
大雪封山时，才知与世隔绝

亲爱的，在那灯火稀疏的梦境中
我们口含村庄的名字
与一只鸟对视，它似乎能洞穿灵魂和那些行走夜路的人
我们对着自己呼救，而后又将自己推入深渊

亲爱的，万物年轻，我们老过

# 遇见

我遇见一个像你一样的灵魂
一样的城市，一样的孤独
一样像绿萝一样开放的生命之花
我与他像你一样陌生
诗里诗外安静的路人
无论是空旷的夜里，还是萧瑟的风里
他儒雅的诗意像孩子一样年轻

喂，绿萝花，你只是我梦里的清香
我们都活在梦外的人生
我们擦肩又别离
此生，你只是我美丽的回忆

# 黑色的玫瑰

雪轻轻落下来

风声越来越远

那朵梅魂学会了遗忘

我轻轻地踩着脚下的积雪

深怕嘎吱声惊醒了体内的乌云

这么多年来，我小心翼翼地呵气

睫毛还是结满了冰霜

它堆积的宫殿像教堂的窟窿，里面

挤满了诵经的人

"万物虚无"，那声音将隐藏的黑一点点挤出

开成了黑色的玫瑰

它献给了低垂的灵魂与夜里伫立的人


庄生的蝴蝶，翻飞夜空

# 你

你习惯于虚构一个陌生人
给她描眉画眼，而后谈一场旷世的爱情
你指间的雨水高过叶子
那些生长的隐秘容纳前世今生
这么多年来，你空荡荡的灵魂一落枝头
就被现实打回原形
那些缝缝补补的创伤将你的影子绊倒
你溃败的青春孤独成一块石头
你眼中的田野、河流活成了一个人的村庄
月隐星稀，你也不会出来喊疼

# 一叶飞花

碧海云天
杨花飞舞
娉婷玉步入苑中
道是无情，占尽风情
暗香落影过春风

门前玉箫
流水伊人
青山叠翠斜西风
雁字飞过，百年人生
桃源归处不相逢

渔舟唱晚，星河盈盈，一叶飞花入梦中

# 西山墓园

灵魂的火焰在苍茫的原野游荡

枯草被覆上一层白色的薄雾

风比雪的脚步轻些

它如此虔诚而安静

这孤独而苍凉的意境

比一块石头，更接近于生命的沧桑

谁在转身离去的同时，留下这比真实更耀眼的蛮荒

黑色的睡眠，躯体的王座，这天地之间荒草的内心

它醉心于一堆石头的温柔


墓园的乌鸦，在岁月中上升成一种绝望的美

包括这越来越多的孤独，越来越多开花又凋谢的梦境

而后，众多灵魂在肃穆的世界中开出白色的花朵

守墓人在墓园游走，呼唤生的意义，死的悲凉

塔纳托斯将灵魂交还尘土，沉沉的寂静走入天地的怀抱

# 最后一朵菊花

凋零的花朵有年轻的雁儿飞过

雁儿的影子在荒芜的花园里死亡

一片叶子的世界像一缕轻烟

茫茫人生，谁是谁的过客，谁是谁的灰烬

谁又是谁玫瑰花香的一生

缪斯啊，请将三分之二的岁月交给遗忘

最后一朵菊花留存自己

为了下一世体面地相逢

# 伊莎

忧郁沉默的你在燃烧的梦境中悲哀

门外是一个人的天堂，你在灵魂的体内游离

飞雪，马路上静止的事物，形成的白色孤独

茫茫一片，如你的人生，像魔鬼一样微笑

你的阿佛洛狄忒，被遗弃的天空，抽离的世界

疲倦的神情，少得可怜的话语

你需要一个倾诉者，你拒绝莫名的来访者

那些散落的烟蒂，是不食人间烟火的寂静

你可爱的人生，花朵一样的岁月被熟悉而又陌生的空气

生生地剥离，那只翻飞的蝴蝶是你人间最后的表妹

是爱情，生活，还是你在死亡中，害怕蝙蝠居住的夜空

伊莎，那朵白色的玫瑰种植在你灵魂的花园中

你需要一个月亮照亮白色的出口

那些被歌颂的自由与爱不是孤寂的冬天

也许，不经意走丢的人生只是睡意昏沉

在我们歌唱世界之前；活出一个明亮的自己

没有谁愿意将自己流放。如果你要亲吻抑郁

请深爱这夜晚的天空

# 你是自由的

风声鹤唳的森林在灵魂中跳舞
白色的菊花簇拥其中
没有谁引诱你的不安与欢乐
你可以亲吻这片乐园
你是自由的

那些欲望蓓蕾开出邪恶之花
你的眼睛种下痛苦
燃烧的林风灼伤无辜的小兽
秋风瑟瑟，远山沉沉
冷却的孤寂与大地道别
你是自由的

墓中的小草已经酣睡
夜莺之歌永不复归
无弦的琴付与尘埃
你是自由的

# 致阿玲

阿玲，你的面容渐次模糊，黑色的欲望已掩埋故土的乡
音，横在灵魂间的沟壑让人悲伤！

——题记

阿玲，你提着我灵魂的外衣招摇过市
乡间的泥土，山野的风，在荒冢前矮了下来
乡音已改，梦里的童真落入暮霭沉沉
失群的乌鸦在羊背上哀鸣，无边的暮色在野外蔓延

你在夜路打捞生活的灰烬，那些悬浮的尘粒在荒原跳舞
荒草属于泥土，在先人的墓园前我们渺如尘土
苍劲的风在天地间回荡。体内奔跑的兽
它的饥饿，就是灵魂消逝的节点
我哀叹于一株草的死亡，这短短的草木一秋，有多少孤寂与沧桑

靠近吧，靠近原野那窄窄的河流，在它结冰之前让濒临消亡的灵
魂靠岸

阿玲，愿我们的内心驻扎宁静与祥和，在时光深处做一枚玲珑剔
透的琥珀
我们没必要在墓穴刻上永恒的空虚，夜不悲鸣，我们就活着

# 花朵的灵魂

草地上的一座城堡，驻扎花朵的灵魂
无数马匹飞驰苍茫
旷野的星星，在夜空变成闪光的蝴蝶
河流化成眼里的湖泊
鸟儿站在对面，灵魂的藤蔓燃起火焰
尘埃中的影子生出无数肋骨
那些生长的翅膀，在以梦为马的岁月中次第花开

飞吧，把羽翼交给灵魂
把生命交给火焰。我们像花朵一样年轻

# 草木一生

微风拂过，苍茫的草原开出微笑的花朵
苍穹下最美的讯息次第展开
那些怀抱乡音的人在一朵花上找寻内心的归属
这尘世绝美的意象！
这摇曳的花朵，御风行走的旅人
他们的身影在阳光下被不断地拉长，再拉长
而后消失在暮色中
风吹过大地，吹过匆匆的旅人
吹过这草木一生

# 伊莎

伊莎，你是一只小小的飞鸟
比远方更远的河流，你会遇见一叶小小的花瓣
请你把它交给比一枚叶子更小的秋天
伊莎

# 虚构一场相逢

落草为寇的书生，月色正满
我们不说故乡与怀才不遇
杯里的酒动荡不安，请吧
放下你的身怀绝技与草上飞舞的灵魂
今夜，让这背负星星的女儿红
接招你灵魂的竹叶青

我们在夜里飞奔
说好的相遇比花朵还轻
你的奇门八卦抵不上我的汗血宝马
你满身的剑气像流水的身姿
风轻轻一吹，就融入夜的门楣

歧路的相逢，转山转水，转入岁月的孤独！

远方的书生，你消瘦的骨骼悬于夜空
但它不是星星

# 野菊花的芬芳

不知名的姐姐，在城市的上空完成旅行

这像我多年前的一个梦境

眼里的空旷与一株野草的灵魂相拥

那些山川在村庄的尾部穿行

义无反顾的星星在夜里迎接一个又一个黎明

与我灵魂相拥的姐姐哟

让我送你一朵野菊花的芬芳

它的香来自祖先眼里的花园和大洋深处摇曳的水草


姐姐，今夜让我牵着你的手飞翔

抵达尘世的内部和曙光里的清凉

# "北爱尔兰"的钟声

"北爱尔兰"的钟声直击灵魂
一个月亮幽居在心口
沧桑的蝴蝶在海的尽头泅渡
白鸟衔着天涯落入尘土
悲伤逆流
生命的流火在空城里找寻影子
白色的梦，在光与影最隐秘处沉沦

# 潜行

那如花吐蕊的梦

千变万化，只有一个灵魂

向上生长的方式，如诗人怀抱春天

夜未深

问你，越来越轻的风，是不是弯月上的露珠

多年后，我们的肉身，能否嗅出天空的味道


万物生长，我们交出多余的自己

像大地黑色的情人，在暮色里缓缓升起

# 安静的船

## 一　送别

妹子，这是一艘安静的船

你躺在那里像一朵娇艳的玫瑰

冰冷的海水有王子的秘密

那些骑手盘旋在空中

眸子里的火焰烧烤着整个王朝的荣耀

勇士向上生长

布满迷途的信物在你的手指散发香气

妹子，你的小蛮腰是莲花的姐姐

它像一首高傲的诗歌


## 二　经文

妹子，你刀尖上的舞蹈背上了太阳的孩子

王子有鸟兽一样的翅膀

他的吻布满圣杯的光环

隐藏的黑夜像悬崖边的碎石

前途是否深不可测的经文

妹子，你灵魂的王国永远笑靥如花

歌谣吹散了水妖的眼睛

你在众神的眼里飞行

## 三　盛宴

妹子，你的眼神像月光一样皎洁

剑影来自不同的姓氏，那一捏就碎的灵魂

写满了王国的咒语

古老的宴席是王最后的肋骨

你这只风华绝代的狐狸，跳出了王子盛酒的瓷器


## 四　回归

妹子，时间是一个臃肿的巫婆

你睫毛上的战火亲吻了王子的长矛

你们在情欲中消逝，那些水草摇曳出一首平静的诗歌

和你最初的相遇

## 灵魂之画

希腊，有关爱的传说在诸神的夜里飞翔
而我习惯在人类的时代寻找灵魂
苍山脚下一幅岩画像极了阿佛洛狄忒
我的影子先于翅膀　在至爱的夜晚屏息凝望
这梦的花朵像无数蝶儿在飞舞
它苍劲的线条如世界之风　只有诗人才能越过它的梦境

# 幽泉封印

玄冰遁于九天
灵剑衔石吞火
巫寥如云锁雾
怪峰封寂阻鸟
烈焰燃尽荒冢
幽泉魂魄尽归
远古混沌一梦

# 你是谁

你携来旷野的苍茫
你把漫长的悲伤削成无助的黑暗
你走入水与火的永恒之中
这悲怆的影子化成一缕幽梦
你从未在自由中出发
犹如你从未接近我的身形

# 风没有脚

风没有脚
它的任务就是飞翔
它是一种无形的存在
它能卷起沙尘，也能拥抱火焰
它饿了就去大海喝水
渴了就摘天上的云朵
没有人能将它阻止
它属于自然，云游天地

# 雨

雨能降下甘露，也能带来泥泞
你无法洞察它的心事
它有时像一束火焰，用闪电焚烧自己
它弹奏琴弦，有无拘无束的形态
它的翅膀属于原始的天性
它只在天地间游走
它只拥抱自然的心胸

## 鸟的虚无

你携来了黑暗与荒凉
你摘下了乌云的翅膀
你点燃了一束火焰
你雕刻了星星的绝望
你将大海的羽衣借走
你驾着舟飞向了虚无
你发现自己是一阵风
它钻进了灵魂，又恢复了鸟形

# 飞翔的灵魂

我爱上了这朵玫瑰

我给它穿上漂亮的羽衣

看它出没在浪花里，飞翔在天宇中

我要拥抱它的孤单，洗去它的忧伤

我要看着它歌唱，看它静静地沐浴阳光

你可知我是谁啊

我是你灵魂里的知己

行走在碧空里的长风

# 柏拉图式的美

给你，我柏拉图式的爱与梦境
我牵着诗歌的翅膀
我给太阳戴上了花朵
我追着风在海的迷雾之中
给你，我精神的羽衣
给你我的希望，我的灵魂
给你这枝黑玫瑰的风暴

# 你的羽毛有荷花的纹路

## 一

离奇的梦突然逃亡
弦歌在风雪中飞舞
你焦虑地驯服我的灵魂
却忘掉了你的羽毛有荷花的纹路
梦儿，谁在平静的自由中喟叹
谁接过一片褪色的原野
荒芜的风唱着清澈的歌
不寻常的快乐拥抱浴日的花朵
峭壁上的云开出冷艳的沉寂
我漠漠观望水面的温柔

## 二

偶尔开出敏锐的花朵
必然的竖琴被雕刻成艺术的殿堂
梦儿，你心的领域可否有河流过
山岭的风中，一只鸟依然故我
花园的秘密有悲悯的灵魂

## 三

森林徐来，跳舞的罗曼蒂克采摘一朵风信子
我的阿耳忒弥斯弄丢了小鹿
孤独的百合长在了峰顶
善意的风携来了月亮的羽衣
梦儿，泾渭分明的悲与乐正探究尘世的荆棘

## 四

虚构的海在幽深的欲望中沉沦
无情的面具交给了贪婪的孤独
一片叶子了无踪影
那离席的完美接近衰亡的泥沼
任性的茉莉走入虚无
梦儿，白色的风正在飞翔

## 一朵安静的花

迷雾经过山谷，一朵云降下阴影的欲望
飘浮的昨日在深邃的孤独中归于寂静
赫菲斯托斯，那些泛白的渴望仍迷恋远逝的尘烟
纤长的影子跟着风奔跑，谁在离别的梦境中受难
一朵安静的花在灰蒙蒙的岁月中老去
虚无古老的琴弦悬挂在幻影的宫殿

# 后记：浅谈诗歌创作理念与价值走向

在虚拟现实营造主观空间，构建诗性语言，完成没有在现实世界上存在的事项，与学术理念对话，对语言进行研究开发，推动文化信息的传播，这是人类诗学语言的一种必然途径。

某种记录、场境或影像资料或者一种形态的暗示所产生的视觉感受产生它的学术价值与文化价值。这是一种动态感观所表现的静态理念，并非创作者本身所产生的客观现实，它是一种启发性的描写，是一种社会文化，世界语言学。它的理念价值经过人的加工创作提升构成一种诗学的主观文化，用一种平等的价值观，用一种专业的影像建构一种空间，拍摄它的特征和外在的表现，定位一种视觉规则，这是语言与文字存在的内在系统。它或许会融入其他艺术领域的学术价值，它是一种诗学观念与认知的提升，它的形态是一种学术描写的可能性。不能用单一民族的现实形态而否定它的客观价值，它是一种多方面理论体系的存在，这是人类诗学文化内在的价值。

它是一种超然的不断向前发展的百花齐放的语言学课。这是推动社会研究与文化研究的必然途径。诗学用理念构建与现实拍摄及表像投射涵盖全方位的领域：人类社会历史价值，社会生存发展的规律探讨，人类命运的发展，以及单一或多民族发展状况，人文理念，思想构建，自然环境的生存发展，以及人的精神追求与客观虚拟。

这是一种诗歌艺术的生存走向也是必然走向。